당신을
바라봅니다

당신을
바라봅니다

회상, 그리고 쓰다

담앤북스

당신을
바라봅니다

그러니까 10여 년 전 독일 미술대학 입학시험에서 빨간 안경을 쓴 노교수님께서 나에게 "어리석은 질문이 있다" 하시며 손을 들었습니다. 독일을 간 지 채 1년도 안 되는 시간이었기에 독일어도 어눌하고 몸짓도 부자연스러운, 불안이 가득한 시기였습니다. 하기에 노교수님의 질문의 내용도 듣지 않은 상태에서 잔뜩 두려움과 호기심에 긴장하고 있었습니다.

그분은 미소를 살짝 지으며 질문을 했습니다. "왜 당신은 전부 회색 옷을 입었나요?" 순간적으로 나는 어이없는 웃음을 지었답니다. 그렇게 면접시험을 두려워했는데 고작 질문이 회색 승복에 관한 것이라니…! 나는 잠시 생각하면서 그분께 합장을 공손히 했습니다. 노교수님은 "아! 부디스트?" 하며 되돌려 합장을 보여줬습니다.

그렇게 우리들은 일상생활에서 색과 마주하지 않는 것이 없으며 마치 독일 교수가 동양 승려의 회색 옷으로 자신의 의문을 해결하는 것처럼 색은 그로부터 연상을 불러일으키기도 한답니다.

아침에 일어나 무심히 호미를 들고 들로 나가는 농부처럼 예술 작업을 하는 나는 긴 세월 무심한 자세로 부처님 사상을 표현하고자 할 뿐입니다. 우리들은 "이것"을 통해 "저것"을 인지하듯이 알지 못함을 통해 바르게 알게 함을 인식하기 위해 수행을 하고 기도를 하고 그리고 다른 행위들을 모색합니다.

그런 다양한 행위들 속에서 선택한 것이 나에게는 미술입니다. 늘 작업을 통해 본질에 가까이 접근하고자 하는 시도를 합니다. 본질이라 함은 여러 가지 측면의 의미가 있겠지만 나에게 있어서의 본질 추구는 어떤 사물과 나의 움직임을 "바르게 바라봄"입니다. 즉, 나의 행위를 지극한 마음으로 바라보고 언어의 표현을 바라보고 손짓의 모양을 되돌려 바라보는 것입니다. 그것을 예술 작업이라 하여도 좋고 수행이라 하여도 좋습니다. 왜냐하면 앞에서도 언급한 본질은 그 어떤 것에 좀 더 가까이 가고자 하는 몸짓들이기 때문입니다.

몇 년 전 서울에서 개인 전시회를 가졌습니다. 아주 가까이 그리고 오랫동안 지내 왔던 도반스님들이 반갑게 방문해 주셨습니다. 그런데 스님들의 한결같은 질문이 "이게 뭐예요?" "어떻게 봐야 하는 거야?" "이게 무슨 작업이야?" 등이었습니다. 스님들이 작품 앞에서 쩔쩔매는 모습은 마치 아이가 어려운 숙제를 못해 엄마 얼굴을 바라보고만 있는 듯한 표정과 흡사했습니다.

왜 이런 일이 일어날까? 나는 가능한 한 내가 알고 있는 현대 불교미술의 영역 내에서 아주 쉽게 전달할 수 있는 언어와 예를 들어 가며 이야기를 했습니다. "이게 뭐야?" 하는 그 물음을 일으키는 눈과 느낌과 생각들이 작품을 이해하는 데 가장 중심이며 기본이 된다고….

우리들은 익숙한 것들에 많이 길들여졌습니다. 그러나 미술에는 사람들의 고정관념을 깨는 작품들이 많습니다. 예를 들자면 외국 작가인 마르셀 뒤샹은 작품 '샘'에서 화장실에 쓰이는 남자 변기를 전시실에 전시함으로써 많은 사람들에게 큰 의심을 던져 주었습니다. "저게 뭘까?" "왜 그랬을까?" "도대체 예술이란 무엇인가?" 하는 의문을 보는 이들에게 선사하는 것입니다. 불교식으로 얘기하자면 "이게 뭐야?" "이뭐꼬?"의 의심을 통해 자신을 마주 보는 것이며 부딪치는 것을 되돌려 바라보고 알아차리는 것입니다. 그런 "의심"이라는 전체를 부분적인 "물음"인 나의 표현 형태로 작업화하는 행위로 나는 수행을 합니다.

나는 부처님의 제자로서 부처님 이야기를 어떻게 하면 예술에 좀 더 가까이 접근시킬 수 있겠는가를 고민합니다. 그런 작업을 나 나름대로의 경전 독송과 기도를 통해 표현하려고 노력합니다. 플라톤이 이야기한 감각적 요소가 최대로 떨어져 나간 형태에 있어서만이 감각적인 것을 인정한다는 것처럼 『금강경』의 "상을 여의면 곧 여래를 본다"가 상통하듯이 예술과 종교의 본질 추구는 결국 하나로 통한다고 생각합니다.

　　　　　이러함을 모아 모아 그림책으로 엮어 보았습니다. 많은 이야기들은 함께하는 이들과 일상의 모습들을 그림일기 형식으로 표현했습니다. 바쁜 일상에 그림 한 점 바라보고 한 호흡 쉬어 갔으면 하는 바람입니다.
　지금에 함께하고 있는 인연…! 그런 당신께 감사의 합장 올립니다.

유연선원에서

희 상

한 걸음 한 걸음
푸른 희망으로 피어나는 길

스님을 만난 건 삼 년 전 일이다. 그해 여름, 연구를 위해 잠시 한국에 들어온 일미 스님을 만나러 부산 미타선원에 간 것이 희상 스님과의 인연의 시작이었다. 승가대학 학인이었을 때 그림엽서로 보았던 그 유명한, 고무신 설치작품의 작가가 스님이었다는 사실도 그때 처음 알았다.

예술이라는 공통점 때문이었을까? 아니면 스님의 소탈한 성품 때문이었을까? 아마 둘 다였을 것이다. 승랍으로는 한참 선배지만 스님과는 처음부터 이야기가 잘 통했다.

수행자로서 예술 활동을 하는 것은 쉽지 않은 일이다. 지금은 사정이 많이 나아졌지만, 그래도 미술을 한다고 하면 잘한다는 칭찬보다 본분사가 아닌 괜한 짓 한다는 비난을 받기 십상이다. 더구나 전통적인 불화가 아닌 현대미술, 그것도 설치작품이니 한국 땅 어디서 스님의 예술적 포부를 펼칠 수 있었으랴.

지금도 그렇지만 스님이 미술을 배우러 외국까지 가는 건 상상하기 어려웠던 시절, 작은 체구의 일개 비구니스님이 독일까지 건너갔으니 어지간한 신심이 아니면, 어지간한 열정이 아니면 안 되었을 것이다.

하지만 누가 알겠는가? 회색빛 독일 하늘만큼 앞을 볼 수 없는 고독과 절망의 나날을. 숱한 망설임과 번민 속에서 수도 없이 반복되었을 자기 점검의 시간을.

이윽고 고무신 한 걸음 한 걸음 타박타박 산길이 되고, 아스팔트가 되고, 활주로가 되고, 아우토반이 되어 지치지 않고 걸어온, 오로지 부처를 찾아온 하나의 길이었음을. 혼자 걷는 그 길, 돌아가는 길목 어디선가 도반을 만나 함께 하나가 되어 걷는 길임을. 목적지에 도달해야 비로소 희망을 발견하는 것이 아니라 한 걸음 한 걸음 푸른 희망으로 피어나는 길이고 그래서 그 길은 스님에게 구도의 길이고 세상과 더불어 사는 보살의 길임을.

어느 날 말씀하셨다. "예쁜 그림만 그리는 것은 아닌지….."

그제야 알 수 있었다. 혼자서 수백 번도 더 물었던 질문이라는 사실을. 수만 번 반복하고 나서야 비로소 한 획을 그을 수 있었음을. 고운 선 하나하나 별빛처럼 빛나는 확신이 서려 있음을. 그러기에 세간 사람들 보기 좋으라고 그린 그저 그런 예쁜 그림이 아니라 수줍은 침묵 속에 인고의 세월을 품은 그림이란 사실을.

뼛속에 사무치는 추위를 견디지 못한 사람은 매화의 향기를 말하지 말라고 했던가? 타협했다면, 조금만 방만했다면, 그리고 살짝 눈감아 주었다면 결코 저 수묵화와 같은 단순함으로 미소를 나툴 수 없었으리라.

종자기鍾子期의 귀를 갖지 못했지만, 백락伯樂의 눈을 얻지 못했지만, 이 길을 가면서 마음 터놓고 수행과 예술을 함께 이야기할 스님을 만났다는 것만으로 행복하고 감사한 일이다.

길을 가다 외로울 때, 따뜻한 위로가 필요할 때, 스님의 이 화집에서 찾아보시기를. 작은 쉼터, 정다운 도반을!

명 법 (서울대 미학과 강사)

그림 속의 얼굴이
환하게 웃을수록
나의 마음도 환해집니다.

얼굴,
마음입니다

얼굴,
마음입니다

거울 속의 나를 봅니다.
비춰지는 나를 봅니다.

상대 속의 나를 봅니다.
거기에서 비춰지는 나를 봅니다.

내가 웃으면 상대가 웃고요
　　　꾸미는 나를 보면 상대도 꾸미고 있네요.

......

나는 개인적으로 착한 사람이 좋습니다.

어쩌면

내가 착한 사람이 되고 싶기 때문일지도 모르겠습니다.

항상

어른스님께서 말씀하셨습니다.

착해야 성불한다.

착한 성품이 있어야 부처님이 된다!!!

그런 착한 성품을 갖춘 당신께 합장합니다.

오늘따라 당신의 얼굴이

무척이나 아름답습니다.

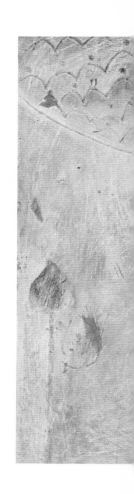

하얀 빈 종이에 연필로 선을 긋습니다.
위에서 아래로…
다시 위에서 옆으로….
눈을 그리고 나니
그림 속의 얼굴이 나를 보고 웃고 있네요.
입을 그리고 나니
나를 보고 미소를 짓습니다.
그림 속의 얼굴이
환하게 웃을수록
나의 마음도 환해집니다.
나는 누구일까요?

여우는 어린왕자에게 말합니다.
이 세상에 가장 중요한 것은
눈으로는 볼 수 없단다.
마음으로만 보이지….
……

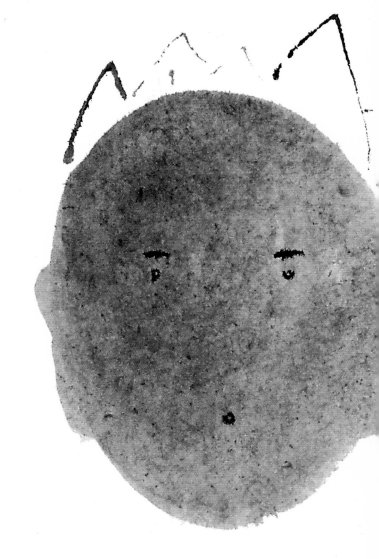

마음의 집에서는 마음에 갇혀 있다고

마음을 흔들어 놓습니다.

저희 은사스님은 걱정이 참 많습니다.
오늘도 신심 잃지 말고 중노릇 잘하거라!
당부하십니다.
나는 백팔염주 들고 얼른 법당으로 향합니다.

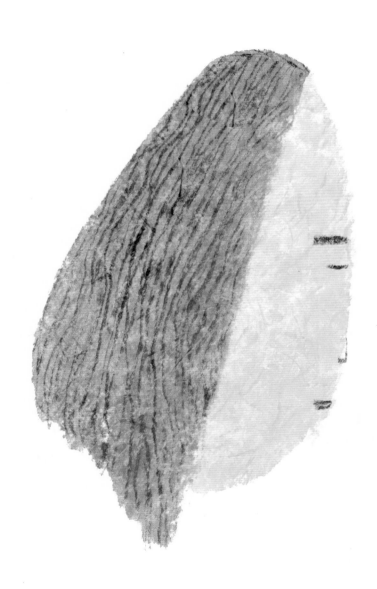

예쁜 아가씨가
백일기도를 시작했습니다.
입을 꾸욱 닫고
눈을 감고 있네요.
……
예쁜 아가씨는
생각이 복잡한가 봅니다.
아마도
백일이 지나면
진달래 활짝 피겠지요?

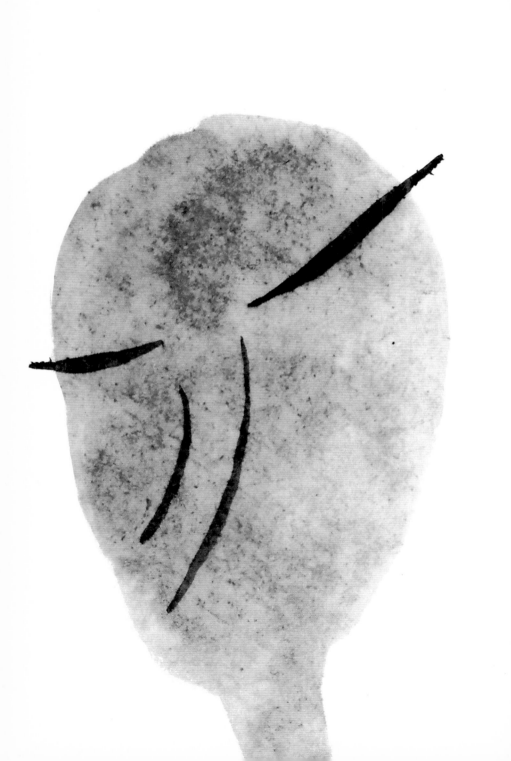

부처님이시여!
진심으로 발심한 자들은 어떻게 마음을 닦아야 하며
어떻게 마음을 다스려야 합니까?
……
자세히 잘 들어라!
모든 중생들을 완전한
기쁨의 세상으로 되돌려 주어라!

예!

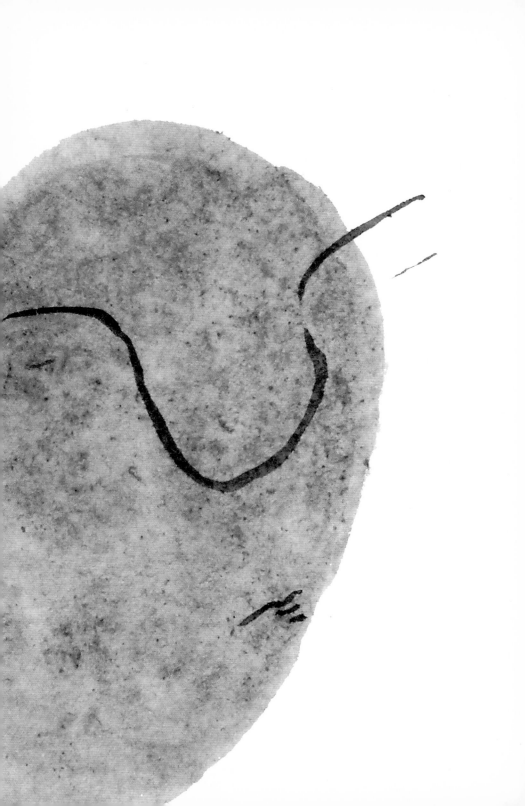

궁하면 통합니다.
간절하면 통합니다.

여러분,

이렇게
수없이 반복하여
무르익다 보면
통합니다.

공부하세요.
공부하세요.
이 공부 하세요.

허상에 마음 바삐 휘둘리지 마시고 이 공부 하십시오.

우리
큰 불자님의
친절한 권청은
눈물겹도록
감동적입니다.

처음으로 아이의 이름을 지었습니다.
참되거라 바르거라···
'다진'이라 했습니다.
그런데 다진이는 부처님을 모릅니다.
스님도 잘 모릅니다.
세월이 지나 다진이가 어른이 되면
두손 모아 아침기도 하는
숙녀가 되었으면 합니다.

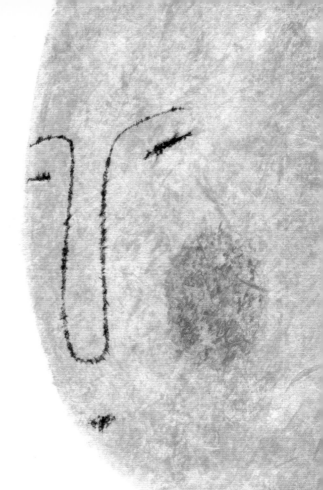

바라봅니다.
바라봅니다.
위에 계신 부처님.

내려다봅니다.
내려다봅니다.
보살님.

그래서
부처님은 '천상천하 유아독존'이라 했더군요.
위와 아래 마음들도
모두 모두 존귀하답니다.

사뿐사뿐 절을 하고 있습니다.
오래도록 절을 하고 있습니다.
삼천배를 하고 있습니다.
"지심귀명례" 하고 있습니다.
지극한 도는 이렇게 무심해야 하나 봅니다.
얼굴이 발그레한 보살님이
오늘은 나의 스승이 되십니다.
나는 시원한 냉수 한 그릇
옆자리에 살짝 놓고 갑니다.

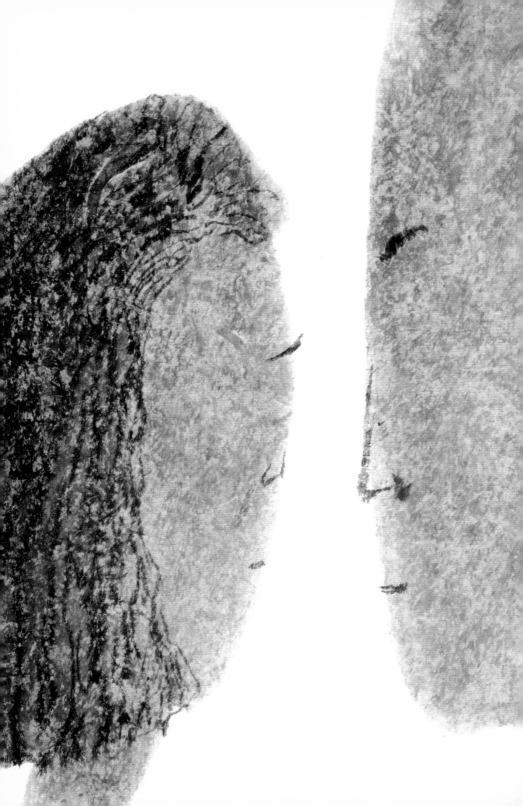

"스님!
  삶이 왜 이다지도 힘이 들지요?"
"그러게요,
  보살님!"
"스님!
  인생이 무엇인가요?"
"그러게요,
  보살님!"

옛 선사께서 말씀하시기를
도道는 어렵지 않다고 하십니다.
좋아하는 것을 취하고 싫어하는 것을 버리는
그 마음만 끊어진다면
그 마음만 끊어진다면…
"도"는 명백해진다 합니다.

마음을 바라봅니다.
마음의 일렁임을 지그시 바라봅니다.
그러나 저에게 도는 아직도 무척 어렵습니다.
즉심卽心에 의한
무심無心에 의한 나의 견처가
어느날 문득
조금씩
아주 조금씩
피어오르기를 합장합니다.

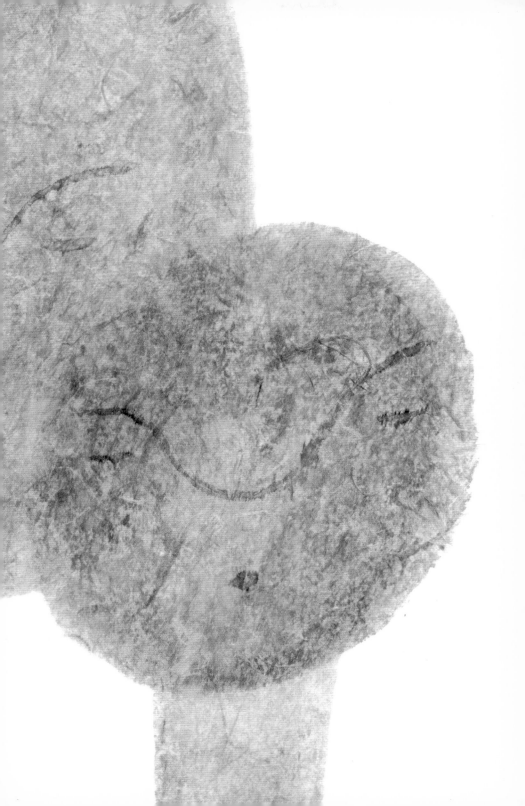

was?

대상 안에 내가 있고
내 안에 대상이 있습니다.
그래서 "Was?"라고 의문하지 않습니다.
그러나 나의 눈은
항상 의구심과 호기심에 가득 찹니다.
아직도 보고 듣고
익힐 것이 많나 봅니다.
"무심한 경계"는 저에게 무척 어렵습니다.
솔직히 잊고 살 때가 더 많습니다.
더욱 정진해야겠습니다.

배가 고프면
배에서 꼬르륵 하는….
무심하게
정진해야겠습니다.

큰 비움은
충만한 채움으로
가득
돌아옵니다.

무심
하다지요

무심
하다지요

앉아라.
앉아라.
……

책상 위에 책들이 앉아 있습니다.
접시들도 제자리에 앉아 있고요.
그리고
신발도 조용히 앉아 있습니다.

입으로
생각으로
앉는 것보다
몸으로 자리에 앉는 것이
쉬운 것은 아닙니다.

그래서
선사스님들이
앉으라 간곡히 이르는 이유를
조금은 알 듯합니다.

고요한 곳에
잠시라도
앉으십시오.

마음은

항아리 속

의심이

있을까?

당신의 깊숙한 자리에 싹이 피어오릅니다.
경건한 그 자리…

향하여 경배합니다.

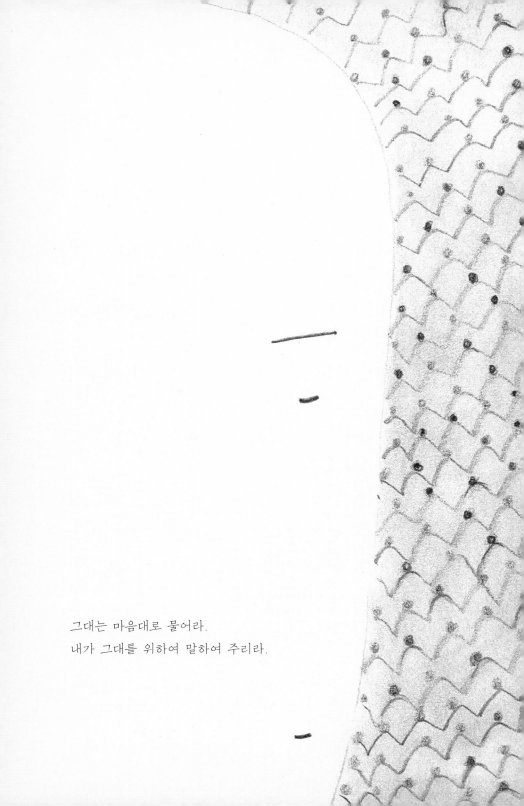

그대는 마음대로 물어라.
내가 그대를 위하여 말하여 주리라.

우리도 크면 부처님이 되겠지?
어릴 적
꿈이 그랬었다.
……

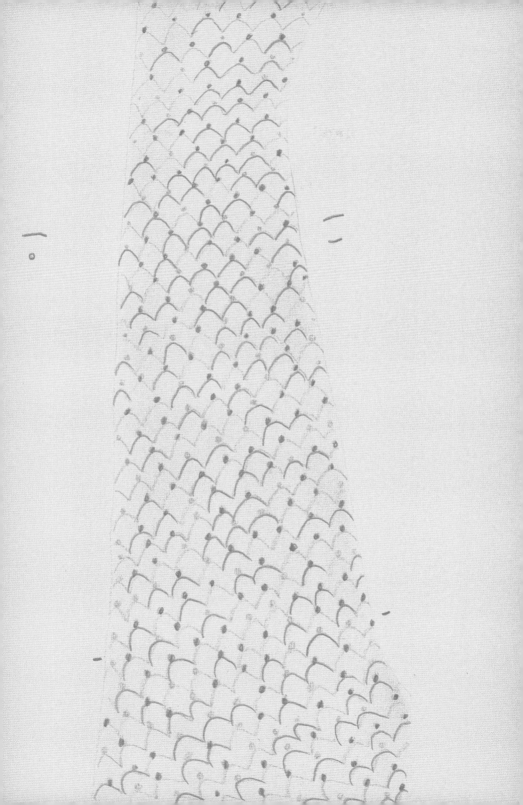

"앉으라" 하십니다.
"우선 앉으라" 하십니다.
"먼저 몸을 앉으라"고 다시 말씀하십니다.
......
그래야 마음의 일렁임도 따라서 가라앉는다 합니다.

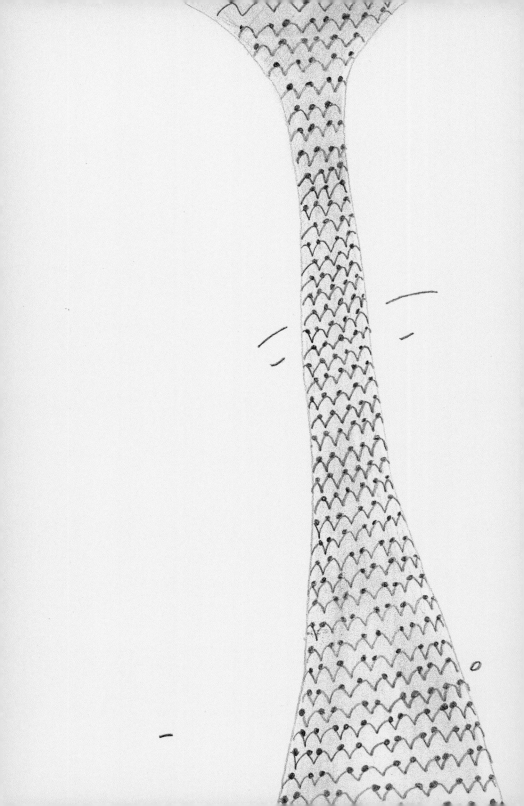

어떤 스님이 스승에게 물었다.
"어떤 것이 부처입니까?"
"내가 지금 너에게 말해 주고자 하나
네가 믿지 않을까 걱정이다."
"화상의 정성스러운 말씀을
어찌 감히 믿지 않겠습니까?"

"바로 너니라!!"

오늘도 스님은 간절하게 말씀하십니다.

"일체의 상相이 공한 줄 알면 그것이 바로 본래 부처니라."

나는 아무 생각 없이 멍하니 있습니다.

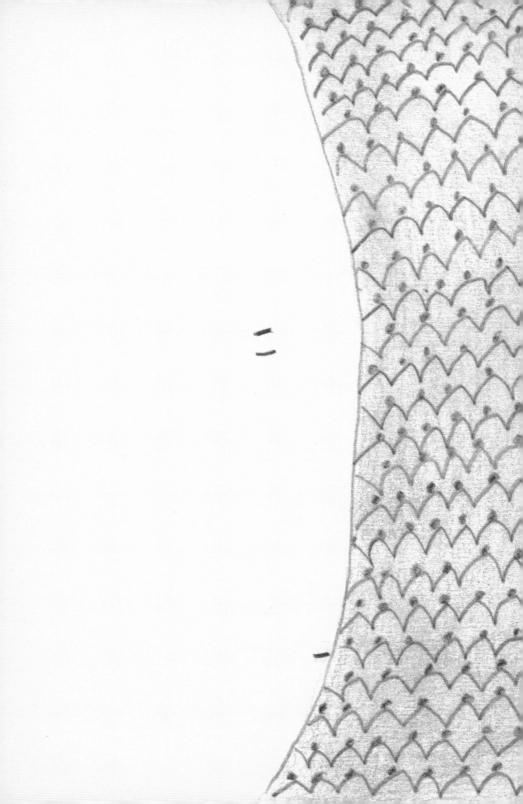

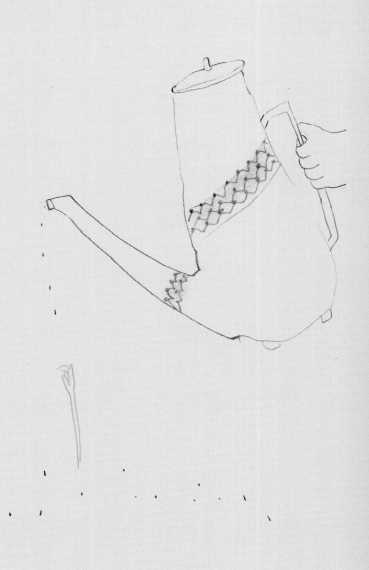

싹이 오릅니다.
물을 주니 감사하고
물을 받으니
또 감사할 일입니다.

"물"은 감사하다는 것조차 모르고
무심히
물 자체일 뿐입니다.

부드러운 것은 멈추지 않습니다.
부드러운 것은 꺾이지 않습니다.
부드러운 것은 함부로 말하지 않습니다.
숨을 깊게 들이쉬고
지그시 눈을 감고 자기를 돌아봅니다.

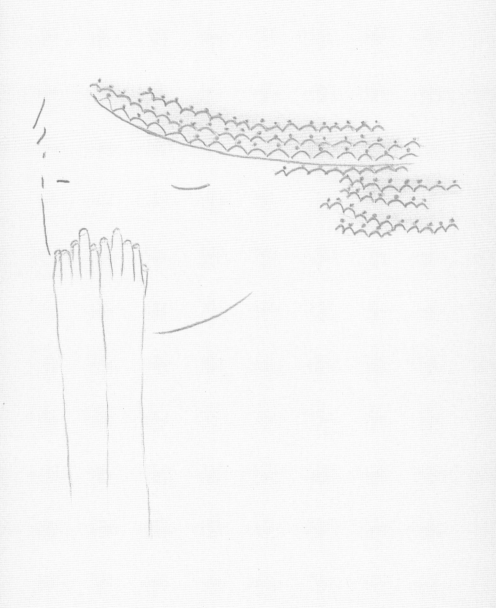

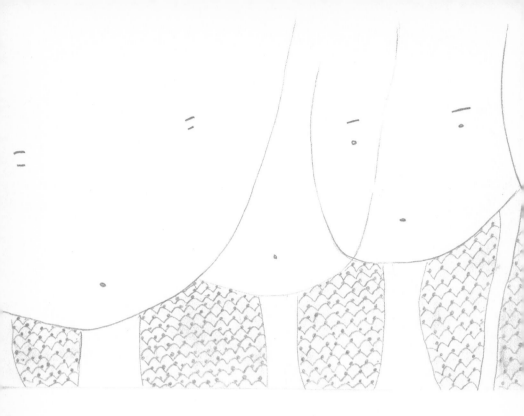

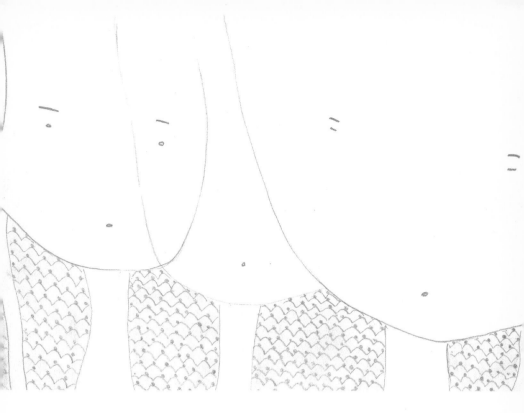

"뭐라고요?"
나무들은 속삭입니다.
"무슨 일이라고요?"
나무들은 서로를 얘기합니다.
"누구라고요?"
......

"네."
오늘은 많은 스님들이
좌정에 들어가는
결제일이랍니다.

"아, 네!"

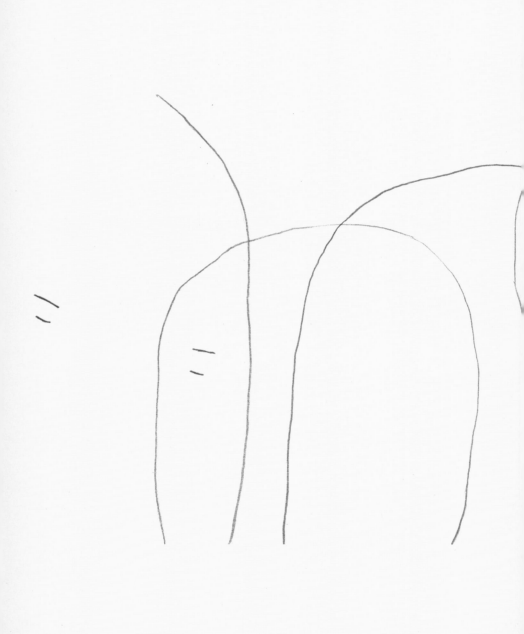

"스님!
점검 받으러 왔습니다!"
⋯⋯
아직도 많은 사람들이 아른거립니다.
"스님!
다시 돌아가겠습니다."

한여름 장맛비 아래에 호미는 잠시 쉬고 있습니다.
스님도 밭을 내다보며 쉬고 있습니다.
덕분에 내 마음도 조용해졌습니다.

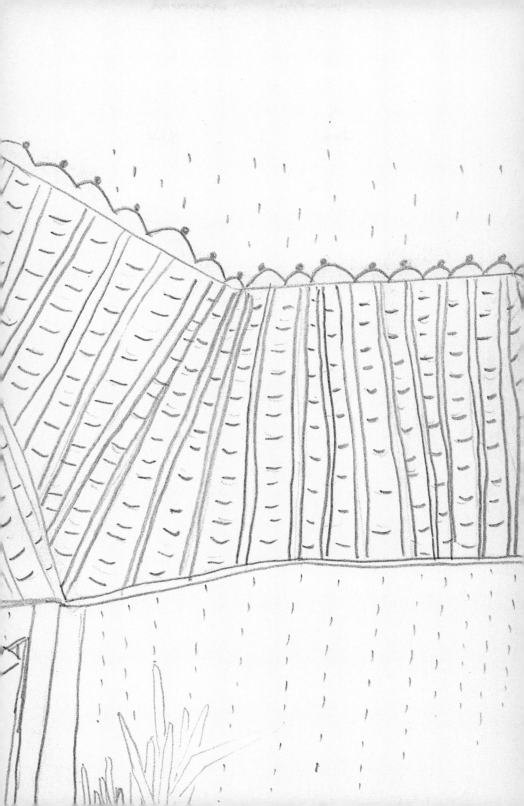

첩첩 쌓인 기도의 공덕이 발현하고 있습니다.
그 기운, 주위가 밝습니다.
내생까지 기약할 게 뭐 있겠습니까.
지금, 여기에 충분합니다.
......
모두, 당신의 기도 덕분입니다.

옆 사람을 위해
빈자리를 내어 주십시오.
......
큰 비움은
충만한 채움으로
가득
돌아온답니다.

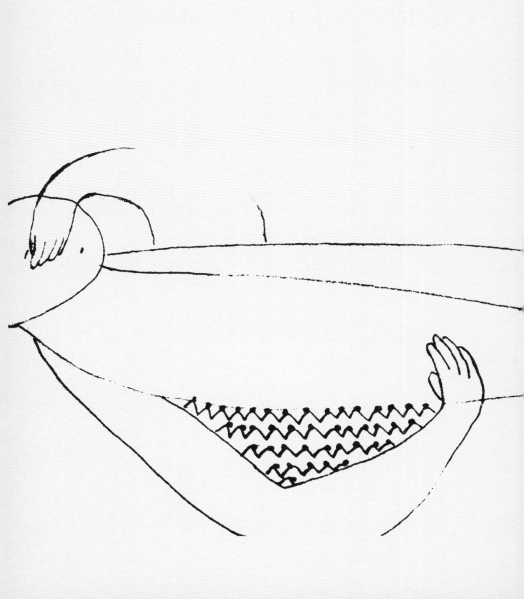

죽비소리 "딱 딱 딱…."
눈을 감고 있어도 들립니다.
오늘은 품 안에 끼고 종일 눈을 감고 있습니다.
틈사이로 '이뭣고?'
비집고 자리 잡습니다.
여일하소서!!!

아침마다 주지스님은
"공양 드세요…!!!
똑 또로로로…"
친절한 문자를 보내십니다.
절집에서는 목탁 소리에
귀 밝아야 된다 합니다.
깨어 있어야 된다는 것이겠지요.
매사每事에….
맛있게 공양 드세요!

공양 드세요

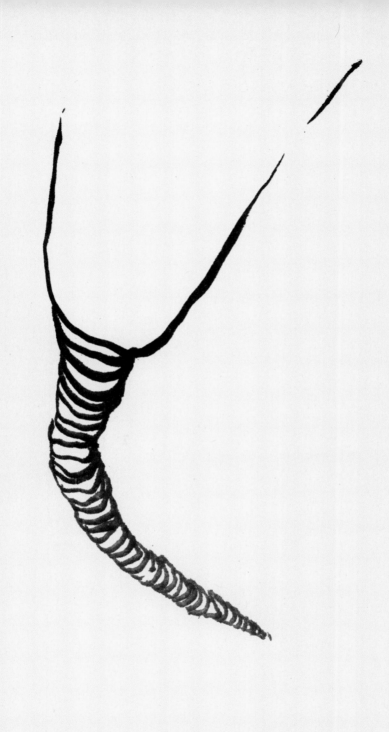

Ah!!!
들리시나요?
느끼시나요?

Ah! so

당신을 긍정합니다.
당신을 찬탄합니다.
Ah!!!
다시
고개를 끄덕입니다.

놓지 마라.
놓으지 마라.
바람과도 같은
절집 기와 위의 풀꽃은
사라졌다
다시
그 모습으로 돌아오는
그 자리를
놓지 마라.
놓으지 마라.

손수레에
뻥튀기를 파는 노보살님은
내가 본 분 중에
주름살이 가장 많습니다.

비가 오나
바람이 부나
광복동 그 자리에 계십니다.

햇빛이 쨍쨍 내리쬐는 날에도
그 자리에 앉아
담배 하나 물고 있답니다.

오늘은 리어카 세 낼 돈을
버셨는지 모르겠습니다.
하루에 육천 원을
물어야 한다고 했습니다.
……
아마도
덕산 스님에게
떡 파는 노파의
점심點心의 견처見處가
뻥튀기 할머니의
주름 속에도 있는 듯합니다.

찬란한 태양의 공덕으로
알록달록 모양이 아름답습니다.
그래서 가을에는 저절로 감사의 합장을 합니다.
수고로움을 견디신 당신의 베풂에
진심으로 합장합니다.

한 계단
두 계단
모퉁이 돌아
또 계단….
노보살님들은
허리가 휘청합니다.
와이리 부처님은
높은 데만 계시는지….
노보살님들은
벽 짚고… 하늘 한 번 쳐다봅니다.

어디가 시작일까요?
싹이 트는 자리일까요.
잎이 떨어져 나간 자리일까요.
알 수가 없네요.
......
하지만
오늘도 강물은 유유히
흐르고 있답니다.

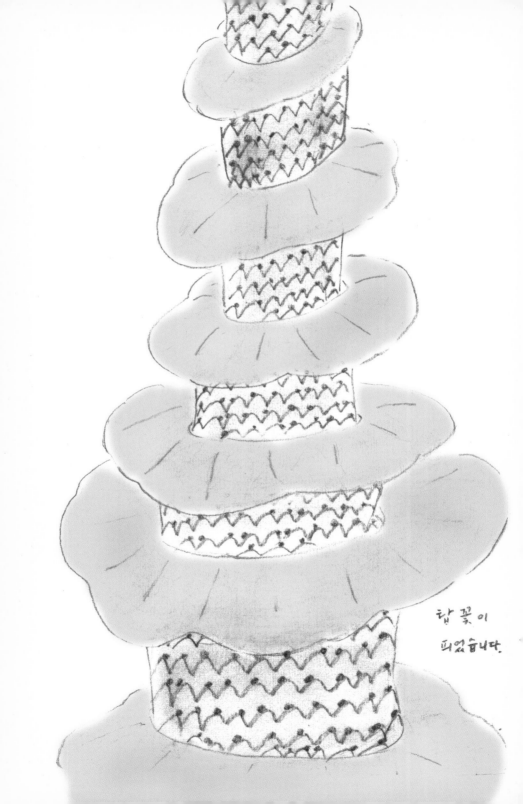

탑 꽃이
피었습니다.

나의 제자, 수보리야!
이 경의 사구게를 설하는 곳은
항상,
항상,
항상···
모든 세상의 하늘과 사람이···
부처님의 탑에 공양하듯이 공양할 것이다.
그리고
부처님이
늘 함께하실 것이다.

땅의 깊이를 꽃들은
알고 있답니다.

물속의 깊이를 꽃들은
느끼고 있답니다.

당신의 지극하고 간절한 마음을
꽃들은 알고 있답니다.

나를 봅니다.
나를 듣습니다.
그리고 나를 느낍니다.
사유는 마음속의 좋은 싹을
쑥쑥 자라게 한답니다.
아이의 마음을 드러내게 한답니다.
그리고
나와 남을 평안하게 하는
양약입니다.

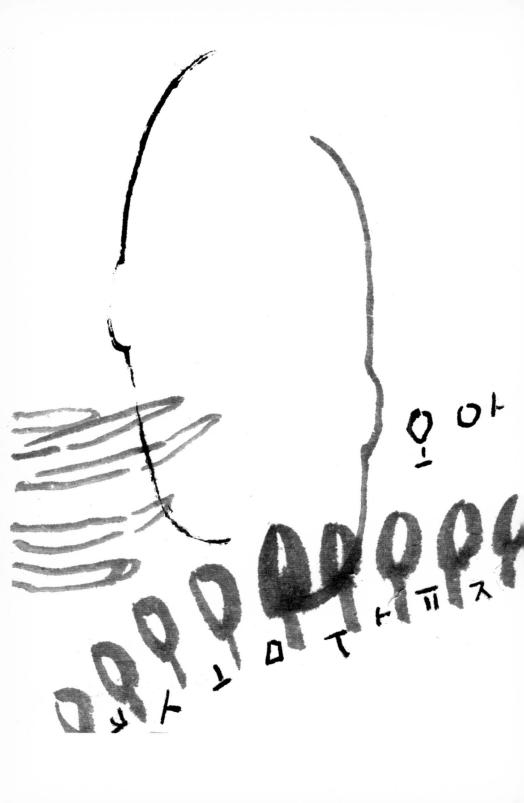

한때에
그분께서는 말씀하셨습니다.
입으로
입으로만
전달되는 법은
쉬이 부서지는 법이니라.
......
몸으로 앉으라!

여럿이 모여 하나를 이룹니다.
다시 하나가 여럿을 모읍니다.
그러한 온전한 마음을 가지신 당신께
합장합니다.

당신께
합장합니다

당신께 합장합니다

우리는 우리가 생각하고 느끼고 말하는 것을 불러냅니다.

생각에도 말에도 행동에서도….

그러나 아이러니컬하게도 자신이 원하는 건 아무것도 가질 수 없습니다.

"나는 그것을 원한다"는 원함이 부족함의 나를 만들어 내기 때문에

나는 확실히 모자라는 체험을 갖게 되는 것처럼 말입니다.

"의심"이라는 것을 생각해 봅니다.

그 어떤 그것에 대해 접근해 보려 합니다.

일부 사람들은 그곳으로 향하는 이들을 철학자라 하고

표현하는 이들을 예술가라 하고

자연에 순응하며 밭을 일구는 이들을 농부라고 합니다.

갖가지 방법으로 "하나에로 돌아가는 것"입니다.

그러한 끊임없는 하고 있음의 귀결은 "그 하나는 무엇인가?"입니다.

독일의 날씨는 어제도 오늘도 회색입니다.

회색 거리의 사람들은 서로를 알아보지 못합니다.

그래서인지 거리를 걷는 이들도 혼자이고 자전거를 타는 이도 혼자이고 가게를 방문하는 이도 혼자인 이들이 많습니다.

그런 날 고무신에 관한 이야기를 전시했습니다.

당연히 전시장을 방문하는 이들은 혼자 옵니다. 대부분의 사람들은 바닥에 깔린 고무신들 앞에 무릎을 꿇고 앉아 오랫동안 응시합니다.

한 시간, 두 시간…. 아주 오래 바라봅니다. 마치 백남준의 'TV 붓다'처럼….

"이것이 뭘까?" 단지 외형적 모양에 대한 의문만은 아닐 것입니다.

응시 받고 있는 작품 속에서 그들은 새로움과 익숙함의 다양함을 통해

하나에로 돌아가기 위한 의심을 그들 나름대로 참구할 것입니다.

그리고 의심을 가득 안고 전시장을 걸어 나갈 것입니다.

하나로 귀결시키려는 마음을 의도적으로 표현해 봅니다.

쑥쑥 자라나는 내 마음의 풍요로운 성장도 기원해 보고요.

그리고 무심하게 일생을 수행해 오신 노스님들의 뒤축이 닳아진 고무신을 보면서도

자연스럽게 손을 모읍니다. 그러한 흔적은 굳이 말이 필요 없습니다.

댓돌 위에 올려진 정갈한 고무신만으로도 그분의 성품을 볼 수 있으니까요.

수행자라는 이름으로 사신 당신!

그 모습이 고무신 안에 그득히 보인답니다.

근념하셨습니다. 스님!

조고각하照顧脚下입니다.
옆사람
뒷사람
앞사람
두루두루 살핍니다.

오늘은
나의 마음을
잘 살펴야겠습니다.

푸릇푸릇 자랍니다.
쑥쑥 자랍니다.

당신의 수행도
이처럼
잘 자랐으면 합니다.

충만한 곳에는
안과 밖이 없습니다.

이 길과 저 길이
둘이 아닙니다.
……
그 길을 가시는
당신께
마음 모아 합장합니다.

세족이 부좌이좌 洗足已 敷座而坐...

부처님은
탁발을 마치시고
발을 씻으신 후
자리에 앉으시어 법을 설하십니다.

괜찮다! 수보리야!
괜찮다! 수보리야!

법을 물으라!
내가 너를 위해 설해 주리라···!

네, 세존이시여!
기꺼이 당신의 법을 잘 듣겠습니다.
·······

수보리 존자의 간절한 청이 계셔서
나의 삶이 풍요로워졌답니다.
그분께 진심으로 합장합니다.

여럿이 모여 하나를 이룹니다.
다시
하나가 여럿을 모읍니다.

한 티끌 속에
시방세계 머금었고요
시방세계 속에
또한 다시 그러합니다.

그러한 온전한 마음을 가지신
당신께
마음 모아 합장합니다.

보이지 않는
드러나지 않는
그리고
항상 낮은 자리에 계신

그런 당신께
마음 모아 합장합니다.

맑은 햇살은
살짝이
옆에 있어 줍니다.

맑은 햇살은
살짝이
사라집니다.

그런 걸림 없는 성품에
합장합니다.

무리에 섞여 있어도
언제나
당당하신
그리고
가지런하신 지금…!

당신의 온전한 성품에
마음 모아 합장합니다.

당신이 당당하게 걸어오신 걸음의 흔적은
평생을 무심히 살아온
농부의 거친 손과도 같습니다.

알록달록 단풍잎처럼
세월을 함께한
당신의 여여함에
진심으로 합장합니다.

"부처님!
이 경을 믿을 중생이 있을까요?"

수보리야!
그렇게 말하지 마라.
여래가 열반해도
말법에도…
악한 행동을 하지 않고
복을 짓는 사람들은
이 경의 말씀을 믿을 것이다.

반드시 믿을 것이다.
……
나는 오늘도 당신의 말씀에 합장 공경합니다.

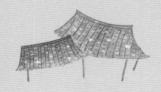

걷습니다.
걷습니다.
오늘도 길 위를 걷습니다.
뚜벅뚜벅….

길 위를
걷습니다

길 위를
걷습니다

어디에서 본 듯한 것과 본 적이 없었던 것은 익숙함과 덜 익숙함의 작은 차이일 뿐이라 생각합니다. 연기론적 사상에서 본다면 "지금 여기"에 놓여 있을 뿐입니다.

표현의 만족은 어떤 것일까요? 느낌이 좋다는 것은 어디에서 본 듯한 익숙함의 길들여짐일 것이고 좀 그러하다는 것은 낯설다는 것입니다.
다시 말해서 독창적이라는 것은 기존의 그 어떤 것보다 독특해야 하는 낯섦을 동반하지만 또한 낯섦이 없다면 그만이 지닌 독보적인 힘이 나약해지지 않을까요?
"아직 익숙하지 못함"이기에 다시 반복의 습을 통하여 "좋을 때까지"를 훈습합니다.
또다시 좋음은 당연히 나쁨을 수반하는 상대적인 고무줄놀이처럼 말입니다.

이러함의 연속이 결국 부처님이 말씀하신 "업"을 짓는 행위일까요?
나는 개인적으로 "업보 중생"이라는 단어가 듣기 거북합니다. 상당히 부정적인 뉘앙스가 풍기는 기분이기 때문입니다. 업을 짓는 행위에 대해서는 당연히 인정하지만 내가 나를 제어하지 못하는 업 놀음에 관해서는 솔직히 좀 그렇답니다.

업의 첫 단추인 고통의 원인과 풀어 나가는 방법을 수없이 익혀 왔지만 해결하기가
그리 쉽지 않은 것은 내가 독특한 업보 중생이기 때문인가 봅니다.

"하고 있음"의 순간을 잠깐잠깐 느낍니다.
조심스럽게 작품 과정을 들여다보니 유난히 독창적이거나 그렇다고 전혀 보편적이
지도 않습니다. 어차피 표현은 행위로써 나타내어야 하지만 조금은 나 나름대로의
심안을 피력한 어떤 "짓"이 깊숙이 숨겨져 있습니다. 그 기운이 통하기를 간절히 합
장하여 봅니다.

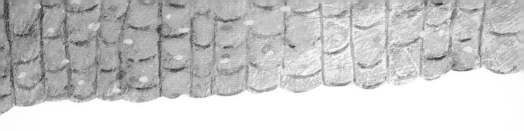

절집 마당에
해당화가 가득합니다.

너무 예쁩니다.
어간 마루에서 내다보니
지붕보다 키가 더 큽니다.
내 마음의 풍요로움도 이렇게
쑥쑥 자랐으면 좋겠습니다.

한철 동안 공부해 온 공덕이 온 우주법계에 충만합니다.
그 기운으로 생명 있는 모든 것들이 풍요로운 삶을 이룬답니다.

정진하시느라 근념하셨습니다.

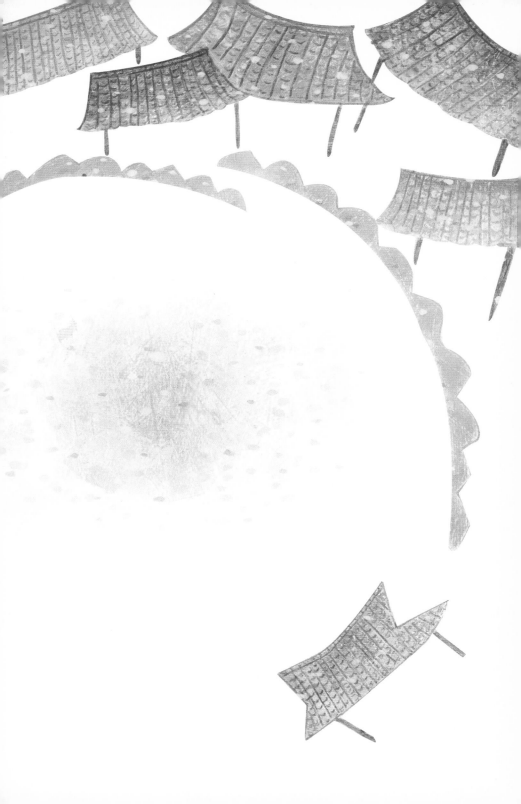

피아노 건반
살짝 건드려도 콩당콩당···
맑은 소리 퐁퐁퐁····.

유마 거사님의
함께한 중생과의 호흡은
어떠하셨을까요?

"중생이 아프니 나도 아프다."
······

오늘도
돌아가신 영가님을 위한
슬픈 노래는
제 마음을 콩닥콩닥 뛰게 합니다.

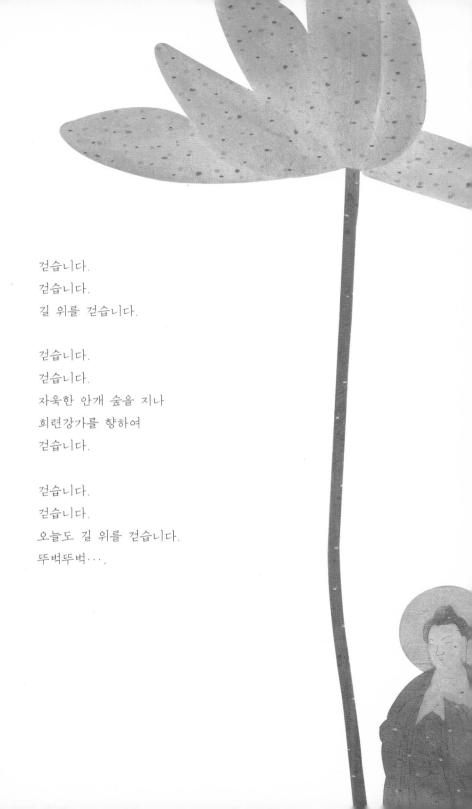

걷습니다.
걷습니다.
길 위를 걷습니다.

걷습니다.
걷습니다.
자욱한 안개 숲을 지나
희련강가를 향하여
걷습니다.

걷습니다.
걷습니다.
오늘도 길 위를 걷습니다.
뚜벅뚜벅....

당신의
보살피심 받아

법의 가지에 의지하여
그 자리에 나아감에 걸림이 없으신지요?
부디
한가롭게 거닐어 자리에 앉으소서.

보공양진언
「옴 아아나 삼바바 바아라 훔」

빨간 사과
당신께
공양 올립니다.

맑은 영혼은 맑고 고요해서
예와 지금이 따로 없으시답니다.
생사生死도 따로 나누지 않지요.
이 까닭에
당당하신 세존께서
희련강가에 두 발을 내보이셨답니다.

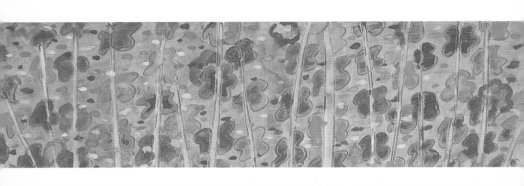

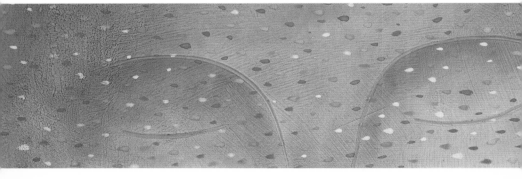

당신은 응당히⋯ 공양 받으실 만합니다.
왜냐하면 당신은 눈 밝은 종사(宗師)이시기 때문입니다.
왜냐하면 당신은⋯
세상의 덧없음을 잘 보시기 때문입니다.
왜냐하면 당신은⋯
마음을 잘 조어하시는 분이기 때문입니다.

그래서 당신께⋯
마음 모아 합장합니다.

예쁜 공주보다 붓다가 되고 싶다는

　　　　다섯 살 꼬맹이 프리야가 선화실을 방문했습니다.

붓을 달라고 해서 주었습니다.

　　　생각할 겨를도 없이 쓰-윽… 쓰-윽….

　　티 없이 맑은 그림, 빈 마음으로 그린 그림….

　좋은 것은 이렇게 오래 남습니다.

눈을 감습니다.
귀를 기울입니다.
대상과 나는
즉심即心입니다.
눈을 뜹니다.
그리고
바라봅니다.
......

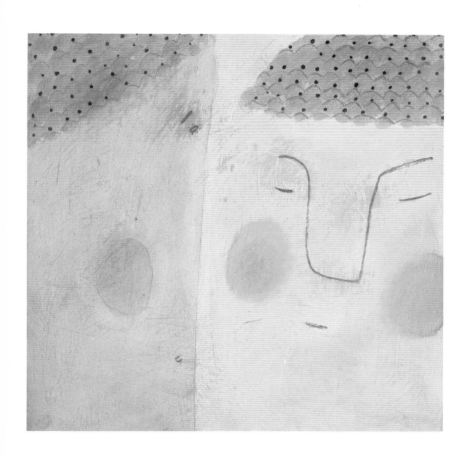

꽃
한 잎 두 잎
그리고 세 네 잎….
손에 손잡고 있답니다.

마지막 꽃잎도
떨어질세라
서로 꼬옥 잡고 있네요.

부디
기지개 활짝 피어
건강하세요.

청년 같은 힘찬 연어처럼 홀로 우뚝 서십시오.
그런 당신은 참 아름답습니다.

움직임을 봅니다.
나무도 움직이고 세상에 생명이 있는 것은
모두가 움직입니다.
모두들 자연스러운 움직임입니다.

절집 지붕에
하얀 눈이 내립니다.

고요한 밤
거룩한 밤.

성인들이 오시게 문을
활짝 열어 두세요.

"조건 지어 이루어지는 것은 모두 변해 가는 법이니라.
게으름 없이 스스로 정진하라."
부처님 출가재일에서 열반재일까지 매일 금강경 독경 소리가
뚝뚝뚝····.
마음 새겨 공부하겠습니다.

Ich habe tausend Hände und Augen.

오늘 당신의 손은 무엇을 했나요?
종일 손으로 하는 일을 생각해 보셨나요?
오죽했으면 천수관음이라 했을까요?
이 도량 구석구석
당신의 손이 닿지 않은 곳이 없었답니다.
그래서 "도량청정무하예"라 하는가 봅니다.
장애 없이 한 해를 무사히 보낸 것은
순전히 당신 덕분입니다.

그래서
당신은
나의 관!세!음!보!살!
이십니다.
당케 쉔!!!

마음도 싱그러운 오월에 당신을 맞이합니다.
오세요. 어서 오세요. 부처님!!
여기저기서 당신을 맞이할 준비에 분주합니다.
온 세상에는 맑은 등을 달았고요
그리고 처처에 예쁜 꽃도 수놓았답니다.
묵은 때도 맑히어 도량청정무하예… 하였고요
옹기종기 머리 맞대어 쫑알쫑알…
제각기 소임을 얘기 나누고
고운 옷 입고 찬탄할 이들을 벌써
마음 설레게 합니다.
……
어떤 이는 저기 큰 나무 아래서
당신을 마중하고 있네요.
오세요!
어서 오세요!!
부처님!

저기 저곳에 있는 절은
부처님이 천 분
탑이 천 개
그래서 천불 천탑이라 하네요.
아마도
날아가는
하늘의 새들도
이 도량에서
쉬어들 가겠죠?

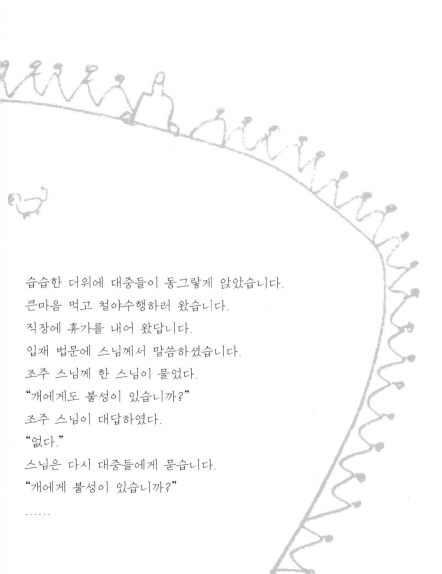

습습한 더위에 대중들이 동그랗게 앉았습니다.
큰마음 먹고 철야수행하러 왔습니다.
직장에 휴가를 내어 왔답니다.
입재 법문에 스님께서 말씀하셨습니다.
조주 스님께 한 스님이 물었다.
"개에게도 불성이 있습니까?"
조주 스님이 대답하였다.
"없다."
스님은 다시 대중들에게 묻습니다.
"개에게 불성이 있습니까?"
……

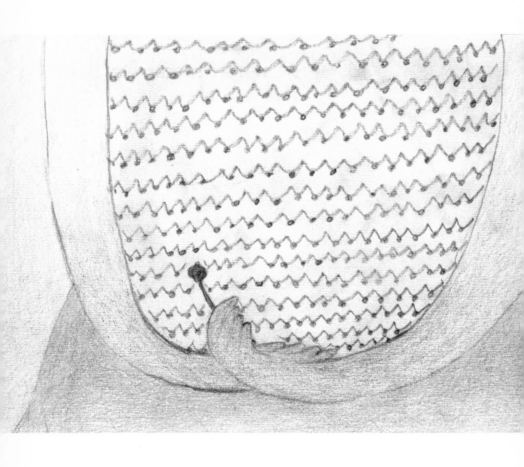

밤늦게 법당에 올라가 보니 누군가 밤새도록 절을 하고 있었어요.
아침에 다시 올라가 보니 누군가 조용히 좌선하고 있었답니다.
사시기도에 가서 보니 그분은 염불을 하고 있네요.

몸으로
마음으로
입으로···
수행을 하고 있네요.
그분이···.

다행스럽게
다음 생에 계속된답니다.
걱정 마십시오.
때문에
다시 여기입니다.

저희,
수행하겠습니다

저희,
수행하겠습니다

"덧없다"는 것은 어떤 의미인가요?
어린 왕자가 물었다.
　　그건 "머지않아 사라질 위험이 있다"는 뜻이야….

붓다와의 인연이 십 수년 흘렀다.
그렇게 흐르는 사이,
이렇게 "표현되어 버린" 지금이다.

형상이 있는 모든 것들은 이미 사라지고 있고,
붓 끝 물방울 하나도 순간을 통해 이미 점으로 자리하고 있다.
사라질 위험이 있는 것들에 대하여 돌이켜
"이것이 무엇인가?"
……

모양 있는 모든 것을
　　　　　　　하나로 돌이킨다.

산에는 꽃이 핍니다.
들에는 곡식들이 자라고요.
마을에서는
아이들이 자라고 있답니다.

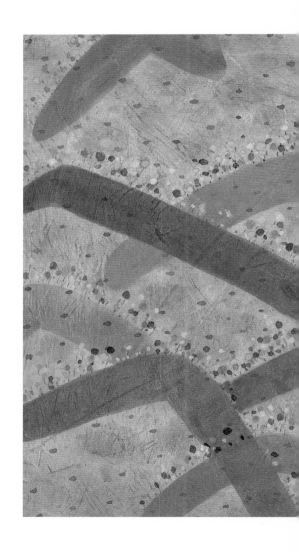

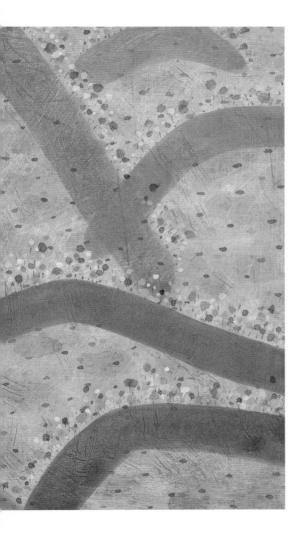

부처님 말씀 중에
내 마음이 성장하면
너의 마음이 성장하고
그에 따라
전체가 풍요롭게
성장한다 했습니다.
연기법을 이야기하신 듯합니다.

산에는 꽃이 피었습니다.
오늘도 나는
산을 바라봅니다.

당신이 세상에 나투실 때
온 세상에는 꽃들이 만발하였답니다.
당신이 한 손을 높이 들고
모든 존재가 고귀함을 일러주실 때
흐르는 강물도 덩실덩실 하였답니다.

그 법 도도히 흐르도록 저희,
수행하겠습니다.

손짓을 합니다.
꽃들이 살랑대는
바람 따라 나를 향해 손짓을 합니다.
우리는 가끔은 손이 두 개라는 것을 잊고 삽니다.
누군가 그러더군요.
한 손은 너 자신을 돕는 손이고
다른 한 손은 다른 사람을 돕는 손이다.
그러고 보니 관세음보살님은 손이 천 개나 되시네요?

연잎 아래 마을에 수행자의 집이 있습니다.
그 집은 단출하면서도 정갈하여
보는 이로 하여금 미소를 짓게 합니다.
바로
당신 집이 아니신가요?

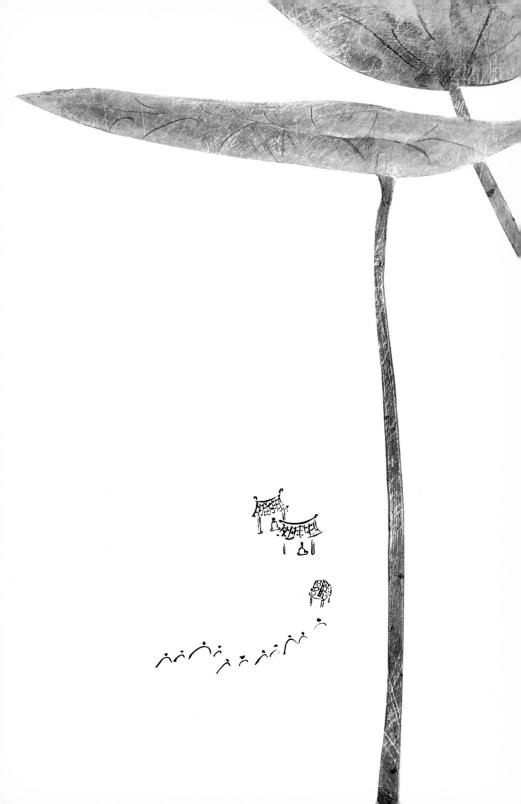

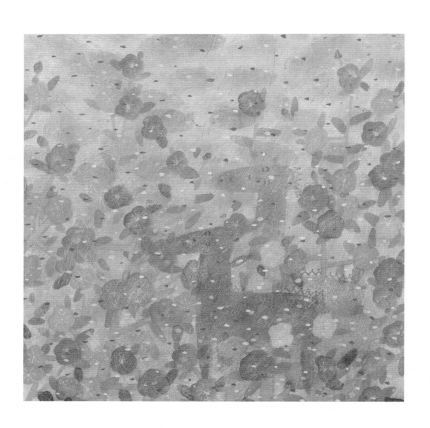

저 너머에 무엇이 보입니까?
목을 길게 빼고 멀리멀리 바라봅니다.
저 너머에 무엇이 보이세요?

다시 발끝을 세우고서 멀리멀리 바라봅니다.
고개를 더 길게 내어 빼고서 다시 바라보세요.
저 너머에 무엇이 보이시나요?

어떤 스님의 책 제목에 이런 게 있답니다.
"미안하지만 다음 생에 계속됩니다"
그래서
다시 여기에···
또 만났습니다.
둥그런 원형의 모습을 한 윤회바퀴는
한 치의 어긋남도 없이
제자리로 돌아옵니다.
그런데,
어떤 이에게는 인연의 모습이
이렇게도 표현되겠죠?
"다행스럽게도 다음 생에 계속된답니다.
걱정 마십시오."
때문에
다시 여기입니다.

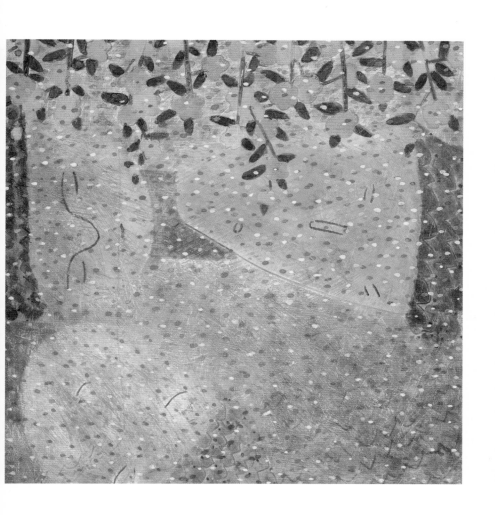

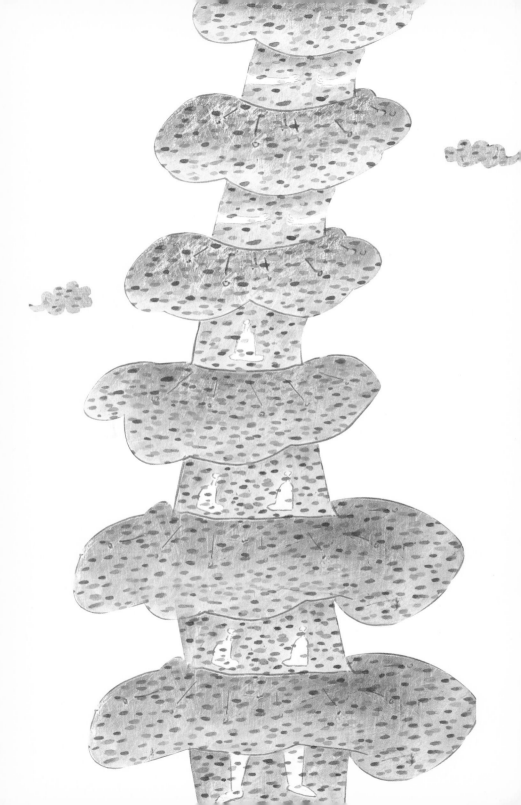

여러분이 모여 내가 있고요,
내가 있어 여러분이 있답니다.

그리고 우리는
"하나로 돌아가기" 위한
공부를 처처에서
하고 있겠지요.
정진여일 하십시오.

한쪽 팔을 턱에 괴고
한쪽 다리를 올려놓고
깊은 사유에 잠기신 부처님.
옆의
······
아이도 눈을 감고
느껴 봅니다.

타고 있는
그네도
함께 느낍니다.

사라쌍수…!

부처님이 떠난 그 자리!!
지금 그 자리에서
당신의 제자들이 여일하게 정진하고 있습니다.
그곳은 비어 있던 적이 없었답니다.
그곳에는 언제나 꽃비가 흩날립니다.
법비가 내립니다.

인연이 모였다가 흩어짐은
지금이나 예전이나 그러하듯이 텅 비어서
맑은 이들이 서로 소통하며…
그래서
가고 또한 다시 오는 것에도
걸림이 없다 합니다.
나의 공부를 측량할 수는 없사오니

새록새록 환희로움에
지성으로 합장공양 올립니다.

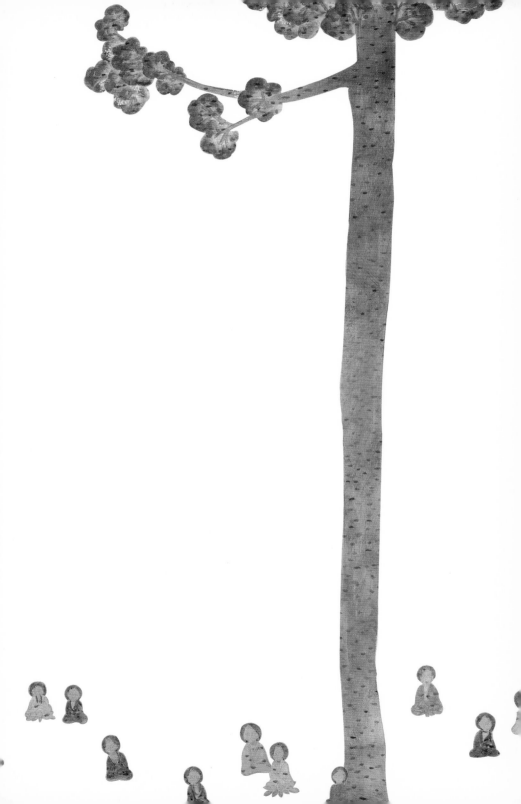

줄을 서세요.
나란히 나란히 줄을 서세요.
1250분의 제자들이 줄을 서고 있답니다.
상상만 하여도 얼마나 성스럽습니까.
그런 행자들에게 공양하려고
아침부터 정갈한 음식을 갖고 나오셨군요.
옆집의 보살님도 김치를 갖고 오셨고요.
뒷집의 보살님은 하얀 쌀밥을 갖고 오셨네요.
고맙습니다.
그리고 미안합니다.
가행하겠습니다.

가난한 수행자의 집입니다.
나뭇잎 한 장으로 지붕을 삼고요,
기다란 작대기로 기둥을 받쳤습니다.
그곳에 고요히 정진하는 수행자가 살고 있습니다.
아마도 하안거를 마치고 나면
푸르른 정진력이 신록처럼 풍요로워질 것입니다.
합장합니다.
그 수고로움에 다시 합장합니다.

오늘도 우리 스님은
풀을 매고 있겠지?
안심당에서 문득 스님이 생각난다.

마음은
마음은
쓰면 쓸수록 커진답니다.

마음은
마음은
내면 낼수록
좋아진답니다.

드러내는 마음
무심한 마음···
잘 살펴봐야겠습니다.

마흔아홉 분의 지장보살님이 오십니다.
한쪽 어깨를 드러내시고
길 잃고 방황하는 자들을 맞이하려
합장을 하고 있습니다.

지장보살님은 거룩하십니다.
고통받는 이들을 위하여 끊임없이
기도를 하십니다.
그리고 그들을 아미타부처님께
편안히 인도하십니다.
몇 년 전 세상을 떠난 나의 어머님도
잘 모셔다 드렸을 거라 확신합니다.
합장합니다.

그리고 사랑합니다.

지장보살님!
당신은 정말 존귀한 보살님이십니다.

 큰절 입구에 들어서면 나무 물고기가
천장에 덩그러니 매달려 있는 것을 볼 수 있답니다.
목어는 속이 텅 비어 있어요.
그 비움 안에 채움이 넘쳐 꽃무리를 이루었네요.
들리세요?
나무 물고기의 노랫소리인가요?
꽃들도 따라 덩실덩실 춤을 춥니다.

큰 분께서 보리수나무 아래에서
수행하는 이들을 바라보며 이야기하십니다.

착하고도 착하도다, 수행자들이여!
한 뼘만치의 정진력도 헛됨이 없으리니
가행하고 또 가행할지니라···.

당신을
바라봅니다

| 인쇄_ 2012년 8월 15일 | 발행_ 2012년 8월 28일
| 글 · 그림_ 희상 | 펴낸이_ 오세룡 | 펴낸곳_ 담앤북스 | 등록번호_ 제 300-2011-115호
| 주소_ 서울특별시 종로구 익선동 34 비즈웰 O/T 917호 | 전화_ 02)765-1251
| 편집 · 교정_ 손미숙, 박성화
| 디자인_ 고혜정, 최지혜, 정경숙
| 이메일_ damnbooks@hanmail.net
| 블로그_ blog.naver.com/damnbooks
| ISBN 978-89-966855-6-2 03800

정가 15,000원